句集

初舞

有我 重代

文學の森

句集　初舞＊目次

装丁　三宅政吉

句集　初舞

睡蓮

平成十三年〜十四年

ほのぼのと山ほのぼのとお元日

一本の杭にもどれる都鳥

ものぐさを決め込んでをりちやんちやんこ

炬燵出されてたちまちの大家族

鰤を糶る中のひときはをみな声

煮凝りやもとより父の重き口

病む父へ日脚の伸びてきたりけり

立春の煮物の焦げるにほひかな

オムレツのふはりと春のまだ浅し

真向かひに夫ゐる春の炬燵かな

山笑ふからから回す糸車
ひよいと手の届く高さに春の雲

白つばき妻を詠みつぐ森澄雄

竹落葉とはさざなみの光かな

はつなつの箔押す息を殺しけり

袋角まぶしき空のありにけり

立夏かな空へ透かして眼鏡拭く

ひんがしの山のあかるき冷し飴

羽抜鶏かするる声をこぼしをり

どこまでもあをき空なる夕端居

子には子の行く道雲の峰立てり

睡蓮の母に揺れいま父に揺れ

飼はれ居て角持て余すかぶと虫

浜茶屋の今を盛りの氷旗

大花火果てたる月の白さかな

かにかくに涼しき祇園小橋かな

白靴をしまうて恙なかりけり

萩の白雨の白さや通夜明り

秋風のまん真ん中を車椅子

刃物屋の天高々とありにけり

豆幹を焚きにぎやかな田でありぬ

引き潮のその先知らず草は実に

抜きたての大根が葬の勝手口

この世からあの世の話日向ぼこ

炭つぐと父の昔が見えにけり

軽石のぽこりと浮きて寒明くる

はや春の雲と呼ばるる一朶かな

大土管抜け来るものに花菜風

彼岸冷え炭の焔の艶やかに

桜蕊ふる托鉢の藁草履

子をあやす一つに春の雲のあり

若鮎の空へ跳ねたる高さかな

ひと部屋を陣取つてゐる武者人形

甘辛に雑魚を煮つむる端午かな

たかんなの香のふんだんに父生家

抽斗のサングラスまだ海を見ず

夕映えを捕らへてゐたる捕虫網
冷奴くづし本音のやうなもの

くれなゐに芒と海の暮れゆけり

小鳥くる街にあふるる外来語

恐竜の肋を抜けて秋の風

大出刃を研ぎたる秋の水であり

また猫の通り過ぎたる日向ぼこ

逢ふためのの急ぎ足なり冬銀河

厨より餅焼く数を問はれをり

春の夢

平成十五年〜十六年

正座して貰うてゐたるお年玉

縄跳びの大波小波路地ぬくし

大マスクして雑踏へ立ち向かふ

日のありて白梅の白濃くしたり

息すでに勇み立ちたる厩出し
厩出しの馬にたぢろぎありにけり

水音の聞こゆる雀隠れかな

桜咲く山の麓に父母の墓

春の雲軽くかるくと師の逝けり

近づいて来たるは師なり春の夢

師の句碑に彼岸の影を重ねたり

梨咲いてひよいと師の現る気配かな

たましひのごとく桜の咲きにけり

末黒野や師はねつからの三河人

師の句碑の空の無限をつばくらめ

草の笛空のかろさとなりにけり

やくかいな話まひこむ蟇

たけのこ飯むらして母の日なりけり

夕風を誘ひ出したる単衣かな

奥座敷やぶからばうに蟇鳴けり

夕餉あとまだ明るくて桐の花

ひとすぢの煌めきとなる蟬の尿

蟇のこゑ誰かが笑ひはじめけり

水打つて石より立てる日の匂ひ

夕立のころがりきたる大江山
一村の刈田となつて晴れ渡る

北国の海を背に松手入

コスモスと日差しを積んで乳母車

水音を重ね重ねて紙を漉く

水際のひたひた冬の来てゐたる

数へ日の束ねる物に新聞紙

元日や家族の揃ふ仏の間

能管のいよよ高まる初座敷

寒明けの輝くものに波頭

梅月夜なりたつぷりと筆に墨

風通り過ぎたる白子干しの網

梵鐘の余韻のしだれざくらかな

夏立つやあとずさりして拭く畳

群集のひとりでありて修司の忌

一山の男滝女滝のひびきあふ

かき氷つついて恋のとほきかな

迎へ火の一瞬高き炎かな

括らるる菊にふんばる力あり

蟷螂の枯るる日差しとなりにけり

冬の田と言うて屑菜の捨て処

雪踏んで雪に哭かれてゐたりけり

ひとひら

平成十七年〜十九年

初礼者は檀家回りの若き僧

初春の光ゲに一村動き出す

手袋を取りて働く手でありぬ

日のさして春の障子となりにけり

ひと雨のあり梅の白梅の紅

梅の香の日差しに和紙の乾きけり

白梅の開き初めたる青さかな

一竿は嬰の衣なり風光る

春はたしかにふはふはと象の耳

青空が不安坂口安吾の忌

猫と婆出払つてをり春炬燵

白壁の日ざしゆたかに雪解村

繕ひのひと目ひと目のあたたかし

山峡の寺に引かかるる雪解水

木の芽和あつさり職を退きにけり

百畳に迷ひ込みたる山の蟻

炎昼の殺してゐたる生欠伸

まだ何も置かぬ部屋なり九月来る

大厄日黄身のかたよるゆで卵

枯菊のほむらに見ゆる菊の色

冬晴れや島から島へ郵便船

冬の田の風に眼を刺されけり

ひとひらのまたひとひらの雪の嵩

やはらかに波のくだけて春夕べ

春風邪を引き恋風邪というてをり

納税の封書ばかりや聖五月

からくりの清和の天へ矢を放つ

ラムネ抜く音のつぎつぎ船着場

ひと品は洗鯉なり山の宿

夕顔や町家に細き風とほる

くちなはを見てより眼うつろなり

夏空へダム放水のしぶきかな

涼新た母にあまたの注射痕

ひよんの笛吹いてちちははは近くせり

名月のしづくに濡れて夫帰る

茶が咲いて日ざし明るき開拓地

切干の色の深まるきのふけふ

冬夕焼入江に戻る夫婦舟

どう見ても母の顔なり初鏡

呑み込めぬ言の葉ひとつ冬ざるる

爆ぜるまで餅ふくらます昼ひとり

止め石の縄のほつるる寒さかな

女正月手持無沙汰でありにけり

大くさめ富士がぴくりと動きけり

糸口をさがしあぐねて春寒し

灯明に仏艶めく二月かな

春浅し日のさすところ鯉群るる

火袋に春の日ざしのとどまれり

百畳に山のみどりの風通す

花苔や息ととのへて入る茶室

水鉄砲兄と弟の対峙かな

笹ひと葉あしらふ冷し豆腐かな

夏足袋の檜舞台をとととんと

小豆を干す峡の日ざしの小半日

仕立屋の鋏しやきしやき秋気澄む

夕空へ水の音して萩の寺

嘶きのひときは高く牧閉ざす

山の日の移る方へと豆筵

大砲は海に向きをり冬ざるる

近江の雪

平成二十年〜二十一年

三日はや煙立ちたる山の畑

縫ひ糸をぴんと鳴らして四日かな

舞初めの正装といふ五つ紋

厳寒を隆々として松の瘤

顔撫でてもつとも鼻の冷たさよ

春障子過ぎ行くものの影となる

万緑や寺より出づる鐘の音

月の夜のことさらに竹皮を脱ぐ

カフェテラスたつたひとりや海晩夏

秋夕べワインで煮込む牛の肉

灯さずに語りあひたる望月夜

賽の目に切るてのひらの新豆腐

秋澄むや歩調の揃ふ禰宜の沓

嶺々をはるかに望む野菊晴

雨脚に明るさ見ゆる花野径

穂芒の風のおよびし流刑小屋

流刑地のかがやくものに花芒

草の実の飛んで一湾かがやけり

吊るし柿あまさの色となりにけり

大根を引くに大根跨ぎけり

卵割るこつんと冬のはじめかな

茶屋町へ時雨の橋を渡りけり

千両や奥へ奥へと京座敷

塗椀にかくも澄みたる蕪汁

舞妓舞ふ影を濃くせる金屛風

冬月や御茶屋の松のゆるぎなし

すれ違ふ舞妓のふいのくさめかな

日の落ちてこれより雪の京となる

湯豆腐のことさら白し京の夜

丑年や牛舎に大き注連飾

海鳴りや湯豆腐ぽこと浮き上がる

冬銀河別るるときも握手して

建国の日のまつしろな米の飯

命名の墨たつぷりと匂ふ春

剣豪の里を自在につばくらめ

門前に植田ひろがり武家屋敷

品書きの流れ文字なる川床料理

提灯を灯しこれより涼み船

白地着し白洲次郎の遠見癖

涼やかや孟宗竹の床柱

傘立てに父の名の杖蚯蚓鳴く

信州の木の香水の香秋深む

月光やきよとんきよとんと鼠茸

烏賊干すにほどよき島の風であり

乱歩読む夜長の窓を風の音

御簾巻いて社殿におよぶ紅葉光ゲ

仏見に近江の雪を踏みゆけり

医者嫌ひ薬嫌ひの玉子酒

托鉢の笠の内より白き息

新しき棒の加はる雪囲

初硯

平成二十二年〜二十四年

丹念に水を馴染ます初硯

天窓に月あり年の改まる

初舞の余韻の帯を解きにけり

風花や窓の小さき裁判所

遠山のよく見ゆる日や大根干す

暮れなづむ辛夷の花の咲くあたり

こんにやくのつるりと逃ぐる万愚節

輪塔に日の残りゐる暮春かな

抜きん出る木の天辺にとんびの巣

笹百合や小督の墓のぽつねんと

鳴る釜に水差す音の涼しさよ

大夕焼平家滅びの海を染む

花莫蓙に稚児の瞼の重くなる

洗はるる牛の眼の涼やかよ

涼しさや茶筅に残るうすみどり

川床料理はんなり酔うてしまひけり

桔梗や雨しづかなる比丘尼寺

一瀑のひびきありけり紅葉山

秋草をがばりと活けて峠茶屋

菊活けし手の平に香の残りけり

これ以上捨つるものなし枯蓮

重ね着のその一枚は母のもの

若僧の頭のあをあをと年新た
お元日三河の国のよく晴れて

泳ぐこと忘れしやうに寒の鯉

水仙の香のまつすぐに日暮れたり

山笑ふ身振り手振りの測量士

のどけしやまつたり湖の波の音

白地着て男が父の顔となる

青時雨茶杓の反りの手になじむ

仮名文字を散らす絵巻の涼しさよ

石投げて水澄む音となりにけり

とほき日のいくさの地なり大花野

煤逃げの上寿司買うて帰り来る

昇り来るまでの無言や初日の出

野仏の雪を払うて婆の去る

ちちははの墓抱く山の笑ひ初む

それぞれの木のそれぞれの芽吹きかな

滝つぼへ雪解の水の弾みけり

がばがばと水車のこぼす雪解水

とつぷりと暮るる蟇鳴く辺りかな

万緑や木曾街道の水の音

往還をよぎるくちなは影持たず

夏草や風向き変はる古戦場

立つ虹の近江盆地をひとまたぎ

反論をハンカチーフに畳み込む

鱧膳や一句したたむ箸袋

冬ざれの湖に迫り出す御堂かな

根深汁

平成二十五年～二十六年

よくまはる水子地蔵の風車

ぼたん雪運河の色に解けにけり

雨だれの春の調べとなりにけり

梵鐘のほあんほあんと花の山

花街の路地をさまよふ浮かれ猫

春泥の靴かりかりと乾きけり

膝深く折りふらここの揺れとなる

淡海の雨あをあをと葦茂る

薫風や舌に転がす小町飴

睡蓮に水面の余白なかりけり

逢ひにゆく日傘くるりとまはしけり

水打つてはやばやや灯す茶屋の街

青葦の風の生まるる鳰の海

新藁のにほひの満つる牛舎かな

眼より力の失せるいぼむしり

穭田に日ざしあふるる近江かな

茶の花に夕日しばらく留まれり

病む夫に少し薄めの根深汁

初春や駿馬の瞳かくも透く

探梅やぴたりと閉ざす山の寺

春光を呑み込む河馬の大あくび

荒れ果ての棚田に蝌蚪の国のあり

一湾にひしめく白帆風光る

吊るされて疲れの見ゆる花衣

おぼろ月仏の国の湖に浮く

小面の陰影深き薪能

村中が見る一軒の鯉幟

剝落の駕籠吊るさるる土間涼し

千枚の植田に透ける足の跡

花山葵水の匂ひの濃かりけり

身の幅の片蔭に人待ちゐたり

飴玉の青に涼しさありにけり

さはやかに音をまはせり糸車

ちちははを近くにしたるちちろの夜

ゆつくりと歩む余生や吾亦紅

釜鳴るや桔梗の白の静けさに

端にゐることのやすけし吾亦紅

秋澄むや縄目くつきり土器の壺

岬空のひろびろ鳥の渡りけり

座敷まで満天星紅葉明りかな

大花野耳の裏より風の来る

身に入むや虚空に風の鳴るばかり

あとがき

職場の上司であった高橋克郎先生の強い奨めがあって、初めて俳句を作ったのは三十歳の頃でした。振り返ってみれば、仕事に追われて中断したこともありましたが、やめようとは思いませんでした。よくぞ、ここまで続けられたものだと自分に驚いています。これも、辛抱強くご指導下さった加藤燕雨先生、高橋克郎先生のお陰と感謝をしています。今では、私にとって俳句は生活の一部となっております。

俳句を始めて、多くの人との結びつきができました。これらの結びつきは、私にとっては、宝物となっています。私の所属結社「松籟」の理念に「俳句の道は、『まこと』に生きる人間の道」が掲げられています。俳句は、恐ろしいほど詠う人の人間性が表れます。俳句を通してさらに、己の人間性を磨かねばと思っています。

俳句はリズム、俳句は呟き、俳句は発見、俳句は省略、俳句は言い切り、俳句は季語、俳句は詩、俳句は人となりです。私は私でしかありません。故に、これからも私は私のリズムで、私の呟きで俳句に向き合っていくしかないのです。平凡な暮しの中のあたり前のことを深く詠うことの難しさを感じながら……。

この度、第二句集の上梓にあたり、月刊「俳句界」編集長の林誠司様をはじめ「文學の森」の皆様には、大変お世話になりました。心よりお礼申しあげます。そして、家族に。

平成二十七年三月

有我重代

著者略歴

有我重代（うが・しげよ）

昭和16年　名古屋で生れる
昭和45年　「松籟」入会
昭和47年　松籟新人賞受賞
昭和52年　「松籟」同人
昭和53年　松籟功労賞受賞
昭和54年　「河」入会
昭和59年　「河」同人
平成８年　俳人協会会員
平成９年　「河」角川春樹奨励賞受賞
平成13年　句集『秋扇』上梓
平成19年　松籟功労賞受賞
平成20年　松籟賞受賞
平成21年　「河」退会
平成26年　豊田市文化振興財団功労賞受賞

現　　在　中日文化センター俳句講師

現 住 所　〒470-1212　愛知県豊田市桝塚東町中郷48-49

句集

初舞《はつまい》

松籟叢書第55篇

発　行　平成二十七年五月三十一日
著　者　有我重代
発行者　大山基利
発行所　株式会社　文學の森
〒一六九-〇〇七五
東京都新宿区高田馬場二-一-二　田島ビル八階
tel 03-5292-9188　fax 03-5292-9199
e-mail mori@bungak.com
ホームページ http://www.bungak.com
印刷・製本　竹田　登

ISBN978-4-86438-417-9　C0092